ÉLOGE

DE

LA PAUME,

ET

DE SES AVANTAGES,

SOUS LE RAPPORT

DE LA SANTÉ ET DU DÉVELOPPEMENT DES
FACULTÉS PHYSIQUES;

PAR M. BAJOT.

Il faut que le cœur parle ou que l'auteur se taise;
Ne célébrons jamais que ce que nous aimons ;
Ou chantons nos plaisirs, ou quittons les chansons.
VOLTAIRE, *Épître sur l'agriculture.*

A PARIS,

CHEZ BACHELIER, QUAI DES AUGUSTINS, N° 55.
CHEZ NEPVEU, PASSAGE DU PANORAMA, N° 26.
ET CHEZ LES LIBRAIRES DU PALAIS-ROYAL.

1824.

ÉLOGE

DE

LA PAUME.

IMPRIMERIE DE FIRMIN DIDOT,
IMPRIMEUR DU ROI, RUE JACOB, N° 24.

ÉLOGE

DE

LA PAUME,

ET

DE SES AVANTAGES,

SOUS LE RAPPORT

DE LA SANTÉ ET DU DÉVELOPPEMENT DES
FACULTÉS PHYSIQUES;

PAR M. BAJOT.

Il faut que le cœur parle ou que l'auteur se taise;
Ne célébrons jamais que ce que nous aimons ;
Ou chantons nos plaisirs, ou quittons les chansons.
VOLTAIRE, *Épître sur l'agriculture.*

A PARIS,

CHEZ BACHELIER, QUAI DES AUGUSTINS, N° 55.
CHEZ NEPVEU, PASSAGE DU PANORAMA, N° 26.
ET CHEZ LES LIBRAIRES DU PALAIS-ROYAL.

1824.

Vers le milieu du XVIe siècle, un médecin de Florence publia un ouvrage en six livres *de Arte Gymnastica*.

Le public aimait alors l'érudition et les docteurs qui parlaient latin.

Nous avons aussi de nos jours vu paraître sur la gymnastique plusieurs écrits qui traitent de tous les genres d'exercice, un seul excepté. C'est celui qu'il convient de préférer à tous les autres pour l'entretien de la vigueur et de la santé.

Il fallait donc qu'une voix, quelque faible qu'elle fût, s'élevât en faveur de la Paume.

L'auteur lance cette bluette dans le public, comme un ballon d'essai; afin de connaître si le temps est assez favorable pour en laisser partir un autre plus volumineux.

A LA JEUNESSE.

Age des jeux, âge de l'exercice
Abri des maux et source des plaisirs,
En ta faveur, sous ton heureux auspice,
J'ose exposer ce fruit de mes loisirs.

Ces dons brillans que t'a faits la nature,
De la vieillesse usurpant la langueur,
Seraient perdus, s'ils restaient sans culture;
L'art que je chante exerce la vigueur.

Par l'exercice on conserve la vie
Dans son hiver, telle qu'à son printemps :
Pourquoi, mortels, n'est-elle pas suivie
Cette leçon que vous donnent les temps ?

Jeunesse, écoute un ami qui t'éclaire.
Que mon sujet soit doublement heureux;

Utile au corps, à l'esprit il peut plaire,
Il peut, lui seul, les délasser tous deux.

Si dans mes vers une muse indiscrète
Faisait broncher Pégase un peu rétif,
Blâme la muse, approuve son motif,
Ferme le livre et vole à la raquette.

ÉLOGE

DE

LA PAUME.

Je veux chanter la Paume. O vous dont le sourire
Accueille avec dédain le sujet qui m'inspire,
Loin des sentiers battus je vais porter mes pas,
Suivez-moi vers ce jeu que l'on ne connaît pas :
Prêtez d'abord l'oreille à mes chants didactiques
Et vous viendrez ensuite exercer vos critiques.

Quand Pope a célébré la boucle de cheveux,
Je ne chanterais point le plus noble des jeux !
Boileau pour un lutrin emboucha la trompette ;
Un lutrin, quel qu'il soit, vaut-il une raquette ?
Virgile, avant *Tityre* et *les champs* et *Didon*,
Virgile, jeune encor, chantait un moucheron.
Je ne suis ni Boileau, ni Pope, ni Virgile,
Mais mon sujet est d'or, si mes vers sont d'argile.
Pindare éternisa, par ses divins accords,
Les travaux glorieux, les généreux efforts
De ces mortels vainqueurs dans les jeux olympiques.
Enfin, s'il faut citer des garants authentiques :

O toi qui d'Ilion as chanté les revers,
Toi dont le nom remplit tout le docte univers,
J'ose ici t'invoquer ! Le choc affreux des armes,
L'horrible bruit des chars, les mortelles alarmes,
Occupent-ils toujours tes sublimes pinceaux ?
C'est pour les délasser que tu peins tes héros
S'envoyant un ballon qui jusqu'aux cieux s'élance,
Retombe et rebondit et retombe en cadence.

Mais quel concert charmant vient s'offrir à mes yeux ?
J'invoque des mortels, et c'est parmi les Dieux
Que l'objet de mes chants trouve un heureux auspice !
Dieu des vers, n'es-tu pas le Dieu de l'exercice ?
Tu présidais toi-même au maintien de tes lois,
Dans ces jeux *Pythiens* où brillaient à la fois
La grace et la vigueur, la force avec l'adresse,
Présens de Jupiter aux enfans de la Grèce.
Comme un gage d'amour tu leur donnas, dit-on,
Ce monument superbe où, vainqueur de Python,
Sous les traits d'un mortel ta céleste attitude
Présente aux Phidias une éternelle étude :
Des Grecs dégénérés il échut aux Romains ;
Il reçut quelque temps le culte de nos mains.
Dieu des jeux, Dieu des vers, c'est donc sous ton empire
Que je fais résonner la raquette et la lyre.

Sortant d'un long repos, quand le chantre des bois
Dans le calme des airs fait entendre sa voix,
Lorsque les noirs frimas qui couvraient les montagnes

Cèdent aux doux zéphirs errans dans les campagnes ;
Quand la terre reçoit le germe des moissons,
Amateurs de la paume, écoutez mes leçons !

D'abord du choix des lieux connaissez l'influence.
A cet acte important préside la prudence.
Que le sol aplani, mais élastique et dur,
Facilite au joueur un bond juste, un coup sûr.
Éole sur un mont souvent vous contrarie.
Vous craignez la Naïade au fond de la prairie ;
L'un l'autre, également trop sec ou trop fangeux,
Si vous pouvez choisir, est peu propre à vos jeux.
Emparez-vous plutôt d'une belle vallée ;
Mieux encor, dans un bois choisissez une allée
Dont les arbres touffus, par leur ombrage frais,
Joignent à vos plaisirs le plaisir des forêts :
Aux chants du bûcheron, au bruit de l'herminette
Quels charmes d'allier les sons de la raquette !
Incliné doublement, à l'aide du cordeau,
Votre plan ne craint pas qu'un sévère niveau,
Rende l'onde captive, à sa fuite s'oppose.

De cent soixante pas sa longueur se compose.
Dans un moins vaste champ votre bras raccourci
Lancerait à regret un coup trop rétréci :
Un champ plus spacieux serait peu nécessaire ;
Notre force est bornée ; et, pour la satisfaire,
Il faut qu'on lui présente et qu'elle atteigne un but,
Qu'un joueur s'encourage à son premier début.

Que de chaque côté, laissant vingt pas entre elles
(Cette largeur suffit), règnent deux parallèles,
Légers et beaux sillons qui forment le pourtour
De l'enceinte sacrée, offerte à votre amour.
De l'une à l'autre, au centre, établissez la trace
Qui sépare les camps, et fixe leur espace;
Les coups se porteront ou *dessus* ou *dessous*,
Et par là deviendront ou bons ou mauvais coups.
Ainsi votre terrain se trace et se partage.
D'une moins vive ardeur, la reine de Carthage
Jadis faisait creuser ses superbes remparts...
Mais, mon sujet m'appelle, et sans plus de retards
Ouvrons, amis, ouvrons, la nouvelle carrière.
La foule se répand autour de la barrière : :
Aux doux empressemens d'avides spectateurs
Cédez et paraissez, jeune élite d'acteurs !
Athlètes vigoureux, au milieu de l'arène,
En deux nombres égaux, le plaisir vous entraîne.
Déja plus d'une balle a parcouru les airs :
Poussée et repoussée en mille sens divers,
Tantôt elle s'élève, et tantôt sur la terre
Frappe, bondit, retombe et roule encor légère.
Les postes sont marqués. On voit six combattans,
Avec ordre rangés; trois gardent les devans,
Marchent de front, bravant le sifflement des balles :
Au centre sont placés, à distances égales,
Deux voltigeurs : leur bras, aussi prompt que l'éclair,
Sans attendre le bond, prend la balle dans l'air;
Le coup en est plus fort, la chance plus certaine,

La balle *perce* et rend la résistance vaine.
Enfin paraît *au fond* celui qui, plus adroit,
D'occuper cette place a mérité le droit.
Lui seul il les vaut tous ; il dispose, il gourmande,
Et sans cesse en haleine, il presse, agit, commande.

D'un côté, c'est *Vafrin*, *Ludiphile*, *Agathon*,
Pilore, *Eutrophe*, *Altus* : de l'autre, c'est *Euton*,
Le jeune *Palmigène* et le vaillant *Pilandre*,
Romaléon, *Podoque* et le fier *Alexandre* :
Bel ensemble où l'on voit, entre chaque moitié,
La victoire indécise, et non pas l'amitié ;
Tous unis par leurs goûts, par leurs mœurs, par leur âge,
De leurs loisirs ici font le plus bel usage.

Palmigène a *servi*, mais son bras furibond,
N'ayant pas empaumé, n'atteint pas jusqu'au *fond*.
Eutrophe se présente à la *demi-volée ;*
Son enbonpoint le gêne, et la balle *filée*
Serait *quinze* perdu, si le rusé Vafrin,
Qui se doutait du coup, ne s'élançait soudain :
D'un heureux *entre-bond* il relève la balle.
Alexandre s'avance, et d'une ardeur égale,
Veut la rendre à Pilore : Agathon l'a prévu,
S'en empare et l'envoie à Podoque, accouru ;
Mais Pilandre la pousse au distrait Ludiphile.

Altus a vu du *fond* ce coup trop difficile :
Sur ses rivaux Altus a cent moyens divers,

Pour jouer à propos l'*avant-main*, le *revers*.
Il court à Ludiphile : «A moi, *la balle force*»,
Dit-il ; et, sans attendre, il enfonce avec force
Un coup déterminé. C'en était fait, le sort
Semblait déja sourire à ce brillant effort,
Lorsque Romaléon, maître de son courage,
Frémit et se dispose à venger cet outrage.
Il se jette en arrière, il se plie, il atteint
La balle qui fuyait ; en même temps il feint
De vouloir la *terrer*. Chacun tremble et recule.
Du jeu Romaléon est l'Ulysse et l'Hercule ;
On le trouve partout, il joint la force à l'art,
Et pour lui, dans les bonds, il n'est point de hasard :
Il ajuste, *au défaut*, par un coup limitrophe,
Non le rusé Vafrin, mais le replet Eutrophe,
Qui, surpris et pressé, redouble en vain d'efforts,
Prend la balle du *bois* et la jette au dehors.
De ce coup décisif dépendait la partie.
Tel nous lisons qu'Énée, aux champs de Lavinie,
Rappelait la victoire, et fixant les destins
Enlevait à Turnus l'empire des Latins.

En attaque, en défense, en arrêt, en riposte,
Soit qu'on aille en avant ou qu'on garde son poste ,
Dans tout ce que l'on fait il faut être attentif.
Loin d'ici ce joueur indolent, inactif,
Qui, du combat au sort abandonnant l'issue,
Se promène à pas lents, se morfond où l'on sue !
Parasites maudits, votre inutilité

Est partout le fléau de la société!

Méfiez-vous pourtant de cette pétulance
Qui souvent contre soi fait pencher la balance,
Et jamais ne prenez un coup mal à propos :
Pour tout événement soyez toujours dispos ,
Le coup le moins prévu peut être le plus proche.

Ne soyez pas non plus trop sensible au reproche ;
Tel vient vous gourmander qui n'aurait pas fait mieux :
Le malheur est toujours coupable à certains yeux.

Que de ses facultés chacun règle l'usage.
De ses dons la nature a voulu le partage :
L'un obtint la souplesse et la dextérité ,
L'autre la force ; un autre eut la légèreté.
Je vois l'un dominer par sa grande stature ;
L'autre, plus ramassé dans sa courte structure,
N'en est que plus nerveux : l'un atteindra plus haut ;
Mais l'autre franchira plus d'espace en un saut.
Celui-ci, sans efforts, se déploie avec grace,
Se dessine en jouant ; celui-là reste en place ;
Son corps est immobile , et son bras seul se meut.

Sous ces divers aspects ne s'offre pas qui veut :
Les préceptes sont bons , meilleure est la pratique,
Et c'est sur le terrain qu'on apprend la tactique.

Qu'un ensemble parfait des mouvemens du corps

Dans un juste équilibre agite ses ressorts.
Jouez d'aplomb ; ce n'est qu'en dernière ressource
Qu'on peut risquer de prendre une balle à la course.

Placez-vous à la balle ; ayez *le jugement* ;
Des plus brillans succès il est le fondement ;
Et puisqu'il est encor le fruit de l'habitude,
Qu'il devienne aussitôt l'objet de votre étude.

Combinez vos efforts : ne vous roidissez pas,
Comme Entelle ou Darès frappant l'air de leurs bras :
Gardez de déployer une force inutile ;
Le coup le plus gêné doit avoir l'air facile.
Voyez ces campagnards plus fiers que des lions,
Tout leur courroux s'épuise en démonstrations :
La balle vient vers eux, ils s'apprêtent, s'efflanquent,
La menacent d'avance ; elle arrive..., ils la manquent.
Entraînés par l'effort, chancelans, aux abois
Ils tombent et la terre a gémi sous leurs poids.
Comme on entend au loin rire la galerie !
C'est eux que l'on immole à la plaisanterie.
Souvenez-vous donc bien, instruit par leurs défauts,
Que, pour frapper trop fort, souvent on frappe à faux.

Mais n'allez pas non plus, par un excès contraire,
Pousser trop mollement : un habile adversaire
Prévoit la feinte, accourt et renverse soudain
L'imprudent qui lui donne une balle à la main.

Vous avez la vigueur, acquérez la justesse.
Si vous manquez de force, ayez de la finesse.
Mais vous n'en manquez point ; vous pratiquez un jeu
Où l'homme en prend beaucoup s'il en apporte un peu.

L'art consiste à savoir garder la défensive,
Ou reprendre à propos une prompte offensive.

Ici tout est physique, et pourtant d'un rival
Vous saurez, à dessein, connaître le moral.
Tel d'un coup malheureux augure votre perte
Qu'un autre coup surprend, qu'un autre déconcerte.
Il ne faut pas d'avance annoncer le succès ;
Achevons la victoire et vantons-nous après.

Ne vous portez jamais qu'aux balles décidées :
On ne se trouve à rien quand on a deux idées ;
Un novice amateur échoue à cet écueil,
Mais l'athlète exercé l'évite d'un coup d'œil ;
Il prend, sans hésiter, le bond ou *la volée*.

Souvent on se reproche une balle volée ;
Point de zèle indiscret, point de distraction :
Redoutez les effets de trop d'ambition ;
Permettez que chacun ait part à la victoire,
Et n'envahissez pas tout le champ de la gloire.
D'ailleurs, on rend ainsi les coups trop hasardeux ;
Car quelquefois la balle échappe à tous les deux.

Je hais l'ambition, je chéris la prudence.
J'aime à voir ce joueur qui suit l'autre, et s'avance
Derrière lui, tout prêt à s'emparer du bond,
Si le *coup de volée* échappe à son second.

Loin de se disputer, je veux qu'on s'encourage,
Qu'on se parle toujours un obligeant langage.

Il est des cas pressans : au fort de l'action
On va passer de l'ordre à la confusion ;
Le coup s'est répété, les joueurs se déplacent,
Ils confondent leurs rangs, se mêlent, s'embarrassent,
La balle tombe *au tiers*, revole jusqu'au *fond*,
Est prise à la volée, au bond, à l'entre-bond :
Combattans, prenez garde, en ce péril extrême
Vous allez succomber, si chacun de soi-même
Ne revient à son poste, et n'offre aux assaillans
Un front calme, et bientôt terrible aux plus vaillans.
Des Français au combat connaissent tous leur place ;
Chez eux l'intelligence accompagne l'audace ;
Attaqués brusquement, ils ne sont point surpris :
De l'ordre et du sang-froid connaissez donc le prix.

C'est mon dernier précepte ; évitez l'équivoque
Sur les coups de limite ; empêchez qu'on n'invoque
L'aveugle jugement d'ignorans spectateurs.
Vous-mêmes jugez-vous ; ayez de bons marqueurs ;
Que leur voix de Stentor dans le jeu retentisse ;

Que tout, dans les détails de ce noble exercice,
Soit digne des acteurs et frappe les témoins :
Avec usure il va récompenser vos soins.

Vers le soir, libre enfin de travaux et d'affaires,
Vous venez vous livrer à vos jeux salutaires.
Que l'esprit est content ! que le corps est dispos !
Quelle heureuse sueur vous baigne de ses flots !
La raquette est pour vous le sceptre d'Esculape ;
De votre corps fumant, chaque coup qu'elle frappe
Chasse une maladie, et détourne le cours
De la source des maux qui fondraient sur vos jours :
C'est le catarre affreux, c'est la goutte cruelle,
Le fréquent rhumatisme, aussi terrible qu'elle ;
Fléaux qu'en votre sein entassait sourdement
Des stagnantes humeurs le dangereux ferment.

Ainsi, par le plaisir, affranchi des souffrances,
Votre corps se prépare à d'autres jouissances.
Allez, ne tardez point, la table vous attend,
Le plus simple des mets est un mets succulent ;
L'appétit l'assaisonne, et l'on trouve à la paume
Un secret que n'a point tout l'art du Gastronome,
Inconnu des gourmands, de leur riche almanach,
Agréable au palais, utile à l'estomac.

Sur les pas de la Nuit se traîne enfin Morphée ;
La paume l'accompagne, et l'invisible fée
D'accord avec le dieu, tresse votre repos,

Des plus riantes fleurs et des plus doux pavots.

J'entends un dur censeur qui m'arrête et me crie :
« Poète de la paume, à quelle rêverie
« S'abandonne ta muse, et ton jeu tant vanté
« Peut-il seul nous conduire à la félicité ? »

Du bonheur, j'en conviens, on se crée une image.
Plutus, dans ses palais, lui vole notre hommage ;
On pense le tenir quand on presse Bacchus ;
On croit l'atteindre enfin en poursuivant Vénus.
Tristes illusions ! on embrasse un fantôme !...
Où donc est le bonheur ? Je ne sais : mais la paume
Trente ans m'a fait goûter mille charmes divers,
Trente ans tout mon bonheur fut la Paume... et les vers,
Non pas les miens, mais ceux qu'une Muse divine
Inspirait à Corneille, et surtout à Racine ;
Ou bien ceux qu'à Delille a dictés Apollon ;
Car on ne peut toujours s'occuper de ballon,
De balle, de raquette. Afin de les reprendre,
Suspendons nos plaisirs : l'amante la plus tendre,
Quand on la voit toujours, cesse de nous charmer ;
Quelquefois on se quitte afin de mieux s'aimer.
Si le corps a ses jeux, l'esprit a sa culture ;
Accomplissons les vœux d'une double nature,
Et mêlons sagement l'action au repos.
Tel le grand Scipion partageait ses travaux ;
Ce héros qui vainquit et Carthage et Numance
Avec la Gymnastique accordait la Science,

En sortant du Lycée entrait au Champ-de-Mars,
Et cultivait les Jeux, les Lettres et les Arts.

Plus grand que Scipion et César et Pompée,
C'est toi qui manias la raquette et l'épée,
Père de nos Bourbons, magnanime Henri.
Digne fils de sa race, ô mon prince, ô Berri,
En plaisirs, en valeur, à jouer, à combattre,
Sans un fer assassin, tu serais Henri-Quatre;
Donnez des fleurs, donnez; versez à pleine main
Des lis sur son tombeau... Mais quel bonheur soudain!
L'enfer est donc vaincu; le ciel trompe sa rage.
Non, Berri n'est pas mort, il vit dans son image;
Espoir de la patrie, aimable, auguste enfant,
La France t'idolâtre et la paume t'attend.

L'un, le fleuret en main, incessamment s'escrime,
Dans tous ses mouvemens, c'est *tierce, quarte,* ou *prime.*
L'autre, léger coureur, provoque ses rivaux,
Et cherche à déployer sa vigueur par des sauts;
Celui-là sait conduire un char dans la carrière:
Celui-ci d'un coursier guide l'ardeur guerrière;
D'autres enfin s'en vont, Hippolytes nouveaux,
Des hôtes des forêts troubler le doux repos:
Le son lointain du cor, la meute haletante,
Les cris du faon plaintif et la poudre tonnante,
Égalent leurs plaisirs à ceux mêmes des rois.
Mais qui n'a point de char, de coursiers ni de bois,
Doit rechercher des jeux où l'on puisse, je pense,

Prodiguer la vigueur, et non pas la dépense.
Paume, modeste jeu, tu combles nos souhaits,
D'un charme universel tu répands les bienfaits.
On peut les posséder dans une humble fortune,
Comme au sein des grandeurs, dont le poids importune,
A tout âge, en tous lieux, dans tout rang, tout état,
Citoyen, militaire, artisan, magistrat.

Aux lieux où sont plantés ces jardins magnifiques
De l'auguste cité majestueux portiques,
Où la nature et l'art triomphent à la fois,
Boulevard digne enfin du palais de nos rois,
D'antiques fictions se sont réalisées.
Là, règnent en effet ces beaux Champs-Élysées
Qu'on espérait jadis au-delà du trépas,
Pour lesquels on vivait, et qui n'existaient pas.
Là c'est un ciel plus pur, ce sont des jours moins sombres
Et des plaisirs plus vrais qu'au vain séjour des ombres.

Dès l'aube matinale, on y voit des guerriers
S'exercer aux combats. De vigoureux coursiers,
Des chars resplendissans font voler la poussière ;
Et quand l'astre du jour achève sa carrière,
La ville en foule accourt, sous la voûte des cieux,
Respirer dans ces champs un air délicieux.
Là, Paris de sa pompe étale les spectacles,
La beauté ses attraits, le luxe ses miracles.
Ce n'est là cependant de ces champs fortunés
Qu'un côté seul offert aux regards étonnés.

De l'autre, contemplez la folâtre jeunesse
Qui court, s'entre-poursuit et lutte de vitesse,
Et ces heureux vieillards qui lancent gravement,
Ou leurs buis arrondis, ou leurs palets d'argent ;
Et ces mille ballons qui, dans les jours de fêtes,
Exercent tant de bras, menacent tant de têtes.
Mais, parmi tous ces jeux, quel jeu plus amusant
Offre d'un noble accord l'aspect plus imposant ?
De quels cercles nombreux l'arène est entourée !
Ah ! l'on te reconnaît, Paume tant désirée,
Passion du jeune âge, idole des vieillards,
Qui du beau sexe même attires les regards !

Dans cette foule immense à mes yeux s'est offerte,
De jeunes écoliers la troupe vive, alerte,
Nourrissons de la balle, et dont la paume, un jour
Par d'innocens attraits réclamera l'amour.
Ils sont ce que j'étais ; peut-être mon histoire
Un jour sera la leur. Temps chers à ma mémoire !
O jeux de mon enfance ! ô momens fortunés !
Trop tard vraiment connus, trop tôt abandonnés,
Votre seul souvenir de joie encore m'enivre !
Ma balle dans ma poche, et sous mon bras un livre,
Je courais au collége. O bon pays latin !
Alors tu n'avais pas vu changer ton destin ;
Ils n'étaient pas encor ces temps de barbarie,
(Ils ne sont plus, le ciel a sauvé ma patrie !)
Où du plus vil mortel le dégoûtant juron
Retentissait aux lieux que charmait Cicéron,

Qu'Homère ravissait, qu'enchantait Euripide!...
Où tonnait Démosthène, où soupirait Ovide;
Là, sur l'horrible amas des lances et des dards,
On insulte a grands cris la Science et les Arts.
Toi, de mes jeunes ans premier dépositaire,
Temple majestueux, ton sacré sanctuaire (1)
S'est transformé soudain en un cachot affreux:
L'asile du bonheur est plein de malheureux;
La vieillesse gémit où s'égayait l'enfance,
Mais ce fut toujours-là qu'habita l'Innocence!
Eh! pourquoi rappeler ces déchirans tableaux?
A des objets plus doux j'ai voué mes pinceaux.
Revenez, souvenirs de ma tendre jeunesse;
Dissipez mes regrets, rendez-moi mon ivresse!
Qu'on me conduise encore à l'Université!
Que j'aimais tes leçons, savante antiquité!
Je courais sur les pas et du Parthe et du Thrace;
Aux beautés de Virgile, aux préceptes d'Horace,
Mon esprit attentif se prêtait tour à tour.
L'heure du jeu sonnait, dans une vaste cour,
Contre un long et beau mur on envoyait la balle;
La balle retombait, et, d'une ardeur rivale,
En s'écriant: *à moi*, chacun la renvoyait.

L'âge d'or est passé. L'âge suivant voulait
Que des jeux enfantins on abjurât l'usage.

---

(1) Le collége Mazarin.

Je l'ai fait. Toutefois, pourvu d'un instinct sage,
J'ai conservé la paume, et mes jours les plus doux,
Je les dois à ce jeu, fruit de mes premiers goûts.
D'âge en âge, on reçoit de ces beaux exercices
Toujours plus de bienfaits, toujours plus de délices.
Et toi, sexe charmant, loin de t'en courroucer,
Pour nous, pour toi, ces jeux doivent t'intéresser.
J'ose, en mes faibles vers, le dire à chaque belle :
« Voulez-vous raffermir un amour qui chancelle ?
« A la paume envoyez votre époux, votre amant;
« Il sera plus aimable, il sera plus constant. »

Du destin, ici bas, jadis la loi suprême
A la Fidélité soumit l'Amour lui-même.
Abusant de ses droits, elle enchaîne le Dieu;
Sans pitié, pour toujours l'attache au même lieu,
Auprès du même objet. Dans l'ennui qui l'accable,
L'Amour pleure et s'endort. Son tyran, plus traitable,
Après ce vain effort, lui rend la liberté.
L'Amour, pour se venger, vole de tout côté,
Répand et les soupçons et les fureurs jalouses,
Désole les amans, tourmente les épouses,
Et, contre sa rivale armant ses traits vainqueurs,
L'Inconstance, avec lui, se montre à tous les cœurs.
De la Fidélité qu'on juge les alarmes :
« Ah ! périssent, dit-elle, et son culte et ses armes!...
« Mais qui peut de l'Amour renverser les autels ?
« Ses flèches, son carquois, son arc, sont immortels.
« Quoi ! de l'Amour jamais je ne serai maîtresse ?
« Ne pourrais-je donc pas, trop faible, user d'adresse?